CALLIRHOÉ,

TRAGEDIE,

REPRÉSENTÉE
POUR LA PREMIERE FOIS,
PAR L'ACADEMIE ROYALE
DE MUSIQUE,

Le Mardy vingt-septiéme Decembre 1712.

Remise au Theâtre le Jeudy 27. Decembre 1731.

DE L'IMPRIMERIE
De JEAN-BAPTISTE-CHRISTOPHE BALLARD,
Seul Imprimeur du Roy, & de l'Académie Royale de Musique.

M. DCCXXXI.

AVEC PRIVILEGE DU ROY.

LE PRIX EST DE XXX. SOLS.

80.

ARGUMENT.

CORESUS, grand Prêtre de Bacchus dans la Ville de Calydon, aima passionément la jeune Callirhoé. Il se flatoit de l'épouser; mais il n'en reçût que des mépris, & les témoignages d'une haine, dont il se trouva si blessé, qu'il en demanda vangeance au Dieu qu'il servoit. Cette vangeance fût prompte & terrible. Tous les Calydoniens se sentirent saisis d'une yvresse qui les armoit les uns contre les autres, & contre eux-mêmes. On eût recours aux Oracles, pour sçavoir la cause & le remede de tant de malheurs. On aprit que la colere de Bacchus en étoit la source; qu'elle ne pouvoit estre arrestée, à moins que Coresus ne luy immolât Callirhoé, ou quelqu'un qui s'offriroit pour elle. Personne ne se presenta. Elle attendoit à l'Autel le coup fatal, lorsque Coresus la sauva en se sacrifiant luy-même.

Voilà nuëment ce que raporte Pausanias dans ses Attiques. Voilà le sujet, la Scene, l'Intrigue & la Catastrophe. Comme l'Historien Grec n'a pas marqué la naissance de Callirhoé, on s'est crû en droit de luy en supposer une fort illustre. On luy donne pour mere, la Reine de Calydon. Agenor est aussi un rolle Episodique : Par le secours de cet Amant, on anime le caractere de la Princesse, on fonde son aversion pour Coresus, on justifie la vangeance de Coresus, en la faisant partir d'une juste jalousie; on releve enfin la generosité de l'action qui dénouë l'intrigue : Elle seroit moindre, si Coresus n'avoit de victime à choisir que sa Maîtresse ou luy-même. La vertu de son Rival qui s'offre à la mort, & qui le saisit d'admiration, les instances de Callirhoé pour mourir, ou du-moins la certitude qu'elle donne de ne pas survivre Agenor, déterminent Coresus d'une maniere plus vive, & peut-être avec plus de surprise de la part des Spectateurs.

On a menagé la simplicité du sujet, comme une chose precieuse à l'Opera; on a craint de l'alterer & de retarder la vivacité de l'action, par les Rolles de confidents & de confidentes. Ces personnages n'ont jamais qu'un interêt subordonné aux autres; & le Public compte presque pour perdu, le temps où il ne voit point les Acteurs qu'il a declarez les premiers de ce Theâtre.

PERSONNAGES DU PROLOGUE.

LA VICTOIRE, Mlle. Eermans.
L'ASTRE'E, Mlle. Petitpas.
Chœurs & Troupes de la suite de la VICTOIRE, *& d'*ASTRE'E.

Acteurs & Actrices Chantants dans tous les Chœurs du Prologue & de la Tragedie.

CÔTE' DU ROY.		CÔTE' DE LA REINE.	
Mesdemoiselles	*Messieurs*	*Mesdemoiselles*	*Messieurs*
Dun.	Dun-Pere.	Antier-C.	Le Myre.
	Flamand.		Morand.
Cartou.	S. Martin.	Tettelette.	Deserre.
	Goujet.		Plet.
Campourcy.	Marcelet.	Charlard.	Lasalle.
	Lefevre.		Dautrep.
Lavallée.	Buseau.	Delorge.	Besson.
	Deshais.		Houbault.
Gaumeny.	Duplessis.	Sabatier.	Duchesne.
	Combault.		Bornet.

DIVERTISSEMENT DU PROLOGUE.

SUITE DE LA VICTOIRE;
Monsieur Javilliers;
Messieurs Savar, Dumay, Dupré, Matignon, P-Dumoulin, Bontemps.

SUITE D'ASTRE'E;
Mademoiselle Feret;
Messieurs Dangeville, Malter-L., Hamoche.
Mesdemoiselles Rabon, Thybert, Durocher.

PROLOGUE.

PROLOGUE.

Le Theâtre représente un Lieu remply de Casques, de Boucliers, d'Armes, de Palmes & de Couronnes de lauriers, avec les Drapeaux que les Vainqueurs ont remportez. C'est pour leur triomphe que la Victoire les assemble. *

SCENE PREMIERE.

LA VICTOIRE, & sa Suite.

LA VICTOIRE.

ES lieux sont embellis des mains de la Victoire :
Venez, redoutables Guerriers ;
Ces Palmes, ces Drapeaux, ces Armes, ces Lauriers
Tout parle icy de vôtre gloire,
Venez ; mais ne voyez le fruit de vos travaux,
Que pour vous élever à des honneurs nouveaux.

* Ce Prologue fût fait en 1712. à l'occasion de la Victoire remportée à DENIN, & de la Paix faite avec l'Angleterre, alors gouvernée par la Reine ANNE.

CHOEUR des GUERRIERS.

Que tout céde, que tout ſe rende
A nos exploits éclatans ;
Aux plus lointains Climats que le bruit s'en répande,
Qu'il dure, qu'il s'étende
Juſqu'aux derniers temps.

LA VICTOIRE.

Guerriers, ne craignez rien : je ne ſuis point volage,
Je vous aimay toujours ; mais quelque Dieu jaloux
Devant mes yeux oppoſoit un nüage :
Envain je vous cherchois, il m'éloignoit de vous :
Aux efforts de vôtre courage
J'ay ſçû vous reconnoître, & tout céde à vos coups.

Eclatez Trompette bruyante,
Frapez, animez tous les cœurs :
Excitez de nobles fureurs,
Devant nos pas répandez l'épouvante.

Que vos ſons invoquent la Gloire,
Qu'elle vole à ce bruit charmant :
Sonnez au même moment
Le combat & la victoire.

Eclatez Trompette bruyante,
Frapez, animez tous les cœurs :
Excitez de nobles fureurs,
Devant nos pas répandez l'épouvante.

ASTRÉE descend du Ciel ayant à sa Suite les ARTS & les PLAISIRS.

LA VICTOIRE.

Quel spectacle ! quels doux concerts !
C'est Astrée : elle vient dans ces lieux redoutables.

CHOEUR des PLAISIRS.

Laissez respirer l'Univers.

CHOEUR des GUERRIERS.

Signalons-nous encor par mille exploits divers.

CHOEUR des PLAISIRS.

Laissez respirer l'Univers.
Non, ne démentez pas les Destins favorables.

CHOEUR des GUERRIERS.

Signalons-nous encor par mille exploits divers.

SCENE II.

ASTRE'E, LA VICTOIRE, & leur Suite.

ASTRE'E.

Victoire, c'est assez : Le Ciel, le Ciel propice
Veut que d'un calme heureux tout l'Univers jouisse :
Ces Peuples genereux qu'environne Thétis,
A mes desirs se sont assujettis ;
Une Reine puissante, après un long orage,
Des jours les plus sereins nous donne le présage.

LA VICTOIRE.

Au HEROS glorieux dont je sers les desseins,
La Paix fût toûjours chere ;
Mais je voulois qu'elle eût des Palmes dans les mains :
La voilà digne de me plaire.

ENSEMBLE.

Le plus sage des Heros
A sous ses Etendars ramené la Victoire ;
Il peut goûter le repos,
De l'aveu même de la Gloire.

Une Suivante d'ASTRE'E.

Nos cœurs ſont faits,
Amour, pour ton empire:
Nos cœurs ſont faits
Pour tes aimables traits.

Que déſormais
L'Amour ſeul vous inſpire:
Faut-il vous dire,
Quels ſont ſes attraits?

ASTRE'E.

Venez, tendres Plaiſirs, ennemis de la guerre,
Volez, brillez, revenez ſur la terre,
Vôtre retour nous annonce la paix.

Rallume ton flambeau, renouvelle tes traits,
Amour, ton regne recommence;
Enchaîne tous les cœurs, fai durer à jamais
Et leurs plaiſirs & ta puiſſance.

Venez, tendres Plaiſirs, &c.

CHOEURS.

Volez, tendres Amours, étendez vos conquêtes,
Triomphez, tendres Amours:
Trompettes & Tambours,
Ne ſervez qu'à nos fêtes.

FIN DU PROLOGUE.

ACTEURS
DE LA TRAGEDIE.

CALLIRHOE', *Princesse heritiere du Trône de Calydon.*	Mlle. Pellissier.
LA REINE *de Calydon.*	Mlle. Eermans.
CORESUS, *Grand Prêtre de Bacchus.*	Mr. Chassé.
AGENOR, *Prince de Calydon, Amant de Callirhoé.*	Mr. Tribou.
Peuples de Calydon.	
UNE CALYDONIENNE.	Mlle. Petitpas.
Prêtres de Bacchus.	
LE MINISTRE *de Pan.*	Mr. Dun.
Faunes & Dryades.	
UNE DRYADE.	Mlle. Petitpas.
L'ORACLE.	Mr. Cuvilliers.
Bergers & Bergeres.	
DEUX BERGERES.	Mlles. Petitpas & Mignier.

La Scene est à Calydon.

PERSONNAGES DANSANTS de la Tragedie.

PREMIER ACTE.

CALYDONIENS;

Monſieur Laval;

Meſſieurs Javilliers, Savar, Dupré, Dumay.

Mademoiſelle Sallé;

Meſdemoiſelles Durocher, Thybert, Rabon, Carville.

SECOND ACTE.

SACRIFICATEURS;

Monſieur Javilliers;

Meſſieurs Bontemps, Maltair-C., Matignon.

Meſſieurs Dangeville, P-Dumoulin, Dumay, Dupré, Savar, Hamoche.

TROISIE'ME ACTE.

FAUNES ET DRYADES;

Monſieur D-Dumoulin;

Meſſieurs Javilliers, Savar, Dumay, Dupré, Matignon, Bontemps.

Mademoiſelle Camargo;

Meſdemoiſelles Thybert, Durocher, Feret, Richalet, Rabon, Lamartiniere.

QUATRIE'ME ACTE.

BERGERS ET BERGERES;

Meſſieurs Dangeville, Bontemps, Malter-L., Javilliers-C.

Meſdemoiſelles Camargo, Sallé;

Meſdemoiſelles Thybert, Favre, Durocher, Rabon, Lamartiniere.

PASTRES ET PASTOURELLES;

Monſieur D-Dumoulin;

Meſſieurs F-Dumoulin, P-Dumoulin.

Meſdemoiſelles Feret, Richalet.

CALLIRHOE',

CALLIRHOE',

TRAGEDIE.

ACTE PREMIER.

Le Theâtre représente le Palais des Rois de Calydon, orné pour les Nôces de CORESUS, & de CALLIRHOE'.

SCENE PREMIERE.

CALLIRHOE'.

O Nuit témoin de mes soupirs secrets,
Que ton ombre en ces lieux ne regne-t'elle encore?
Pourquoy l'impatiente Aurore
Ouvre-t'elle mes yeux aux funestes apprêts
D'un hymen que j'abhore?

Je vais donc m'engager à l'Objet que je hais,
Et je perds pour toûjours un Amant que j'adore.

O Nuit témoin, &c.

SCENE II.

LA REINE, CALLIRHOE'.

LA REINE.

MA Fille, aux Immortels quels vœux venez-vous faire?

CALLIRHOE'.

Je n'en formeray point qui puissent vous déplaire.

LA REINE.

Ce jour à Coresus engage vôtre foy;
Ministre de Bacchus nôtre Dieu tutelaire,
Descendu de ces Roys, dont avant vôtre pere
Calydon recevoit la loy,
C'est luy, que Calydon vous demande pour Roy.

CALLIRHOE'.

Helas!

LA REINE.

Vous vous troublez, que faut-il que j'espere?
Vous sçavez vos devoirs, pourriez-vous les trahir?

CALLIRHOE'.

Non, je demande aux Dieux la force d'obeïr.

Gloire de Calydon, Amour de la pâtrie
Que ne m'avez-vous point coûté?
C'est pour vous qu'un Heros à qui le sang me lie,
Le vaillant Agenor vient de perdre la vie,
C'est pour vous que je vais perdre ma liberté.
Espoir d'un sort plus doux sortez de ma memoire.

LA REINE.

Ma Fille desormais songez à nôtre gloire,
Mettez mon Trône en seureté,
Tromperez-vous mes vœux? Tout un Peuple farouche
De Coresus trahy viendroit venger les droits.
Ce Peuple le cherit, & d'une même bouche
Veut recevoir la loy des Dieux & de ses Roys.
Par des nœuds éternels vous luy serez unie;
Je vais tout ordonner pour la ceremonie.

SCENE III.

CALLIRHOE'.

OBjet infortuné de mes tendres desirs,
Agenor, qu'aux Enfers Bellone a fait descendre,
Pour la premiere fois je t'offre des soûpirs,
Quand tu ne peux plus les entendre.

D'un rigoureux devoir je vais subir les loix,
L'Autel est prest : La Reine à Coresus m'engage;
J'y cours; mais dans mon cœur je porte ton image,
Et ton nom malgré-moy, m'échape mille fois.

SCENE IV.

AGENOR, CALLIRHOÉ.

CALLIRHOÉ.

Mais quel Objet vient me fraper?
Eſt-ce un ſonge impoſteur preſt à ſe diſſiper?
Que vois-je? Eſt-ce Agenor? Quels Dieux l'ont fait renaître?
Agenor.....

AGENOR.

Mon aſpect vous offenſe peut-être.

CALLIRHOÉ.

à part.

M'a-t-on voulu tromper?

à AGENOR.

On croyoit vôtre mort certaine.

AGENOR.

Les Rebelles vaincus fuyoient devant nos traits;
Malgré mon ſang verſé juſqu'au fond des forêts
La victoire m'entraîne,
Je tombe: Je trouvay d'heureux & promts ſecours;
Par le temps & les ſoins je reſpirois à peine,
J'apprens qu'à Coreſus vous uniſſez vos jours.

CALLIRHOE'.

Quelque fruit qu'en ces lieux apportât la victoire,
Nous pleurions vôtre mort, & même nôtre gloire.

AGENOR.

A mon retour donnez plûtôt des pleurs.
Triste témoin de la gloire d'un autre,
Que mon retour me coûte de douleurs !
Ce Trône, ces Autels, ces Guirlandes de fleurs,
Ces Chiffres amoureux, ce Nom qui joint le vôtre...
Pour ce spectacle, ô Dieux, étois-je reservé?
Dieux, rendez-moy la mort dont vous m'avez sauvé.

CALLIRHOE'.

Agenor, quels discours? Que venez-vous m'apprendre?
Vôtre douleur doit m'irriter.

AGENOR.

Elle devroit moins vous surprendre,
Du secret de mon cœur vous cherchez à douter.

Avez-vous oublié, Princesse, que vos charmes
Ont essayé sur moy leurs premiers coups?
Vôtre Pere expiroit, je recueillois vos larmes.
Parmy le trouble & les allarmes,
Vos yeux brilloient déja de l'éclat le plus doux:
J'appaisay des mutins les mouvements jaloux:
Ah ! ne jugiez-vous pas, au succez de mes armes,
Qu'un Amant combatoit pour vous ?

CALLIROHE'.

Ouvrez les yeux, que ce jour vous éclaire
Sur vôtre devoir & le mien.

AGENOR.

Helas ! je ne vois que le bien
Que m'arrache des Dieux la funeste colere.

CALLIRHOE'.

Cessez de me parler d'un amour témeraire.

AGENOR.

L'Amour l'est-il lorsqu'il n'espere rien ?

Un autre a vôtre main, un autre vous engage ;
Je ne veux qu'un regard, un seul regard, helas !
Et je descends tranquille au tenebreux rivage.
Je ne veux qu'un regard, un seul regard, helas !
Mon Rival trop heureux ne me l'enviera pas.

CALLIRHOE'.

Que n'ay-je ignoré vôtre flâme !
Fuyez, éloignez-vous.....

AGENOR.

Je ne vous verray plus.

CALLIRHOE'.

Suivez mes ordres absolus.
Je dois de Coresus remplir toute mon ame,
Ne voir, n'entretenir que le seul Coresus.

AGENOR.

Vous ne le devez point, vous le voulez, Cruelle.

CALLIRHOE'.

Ah ! Qu'Agenor me connoît mal !
Partez....

AGENOR.

Je vois la Reine & mon Rival.

CALLIRHOE'.

Partez.....

AGENOR.

O contrainte mortelle !

CALLIRHOE'.

O devoir trop fatal!

SCENE V.

SCENE V.

LA REINE, CALLIRHOE', CORESUS,
Troupe de PRESTRES & de PRESTRESSES.
Troupe de CALYDONIENS & de CALYDONIENNES.

CORESUS.

Reine, vôtre auguste suffrage
Me rapelle au rang glorieux,
Que tenoient icy mes Ayeux:
Prononcez mon bonheur, achevez vôtre ouvrage.

LA REINE.

J'attens de vôtre hymen le bonheur de ces lieux.

CORESUS, à CALLIRHOE'.

Des Autels, à vos beaux yeux,
Je porteray mon hommage,
Sans craindre que ce partage
Offense jamais nos Dieux:
J'adore en vous leur image.

CALLIRHOE'.

Je sçais ce que je doy
A la Reine, à l'Empire, à Coresus, à moy.

CORESUS.

Chantez Peuples, chantez une fête si belle,
A mon amour égalez vôtre zele:
Que vos Concerts s'élevent jusqu'aux Cieux;
Du bonheur d'un Mortel, qu'ils instruisent les Dieux.

CHOEUR.

Regnez à jamais sur nos âmes,
Autant que vous regnez dans ce brillant séjour:
L'Hymen vient vous offrir les chaînes de l'Amour,
Et des plaisirs aussi purs que vos flâmes.

UNE CALYDONIENNE.

Le tendre Amour
Nous appelle à sa Cour,
Il veut qu'on aime,
Nôtre cœur même
Le veut à son tour.

L'Amour nous suit,
Est-ce à nous de le craindre?
Non, non, l'on n'est à plaindre
Que quand il nous fuit.

Ses nœuds sont doux,
Peut-on blâmer ses chaînes?
Non, non, s'il a des peines,
Ce n'est pas pour nous.

LA REINE.

Regnez Amour, portez par tout vos loix,
La Gloire n'a point à s'en plaindre;

Allumez des ardeurs que rien ne puisse éteindre,
Vous faites le bonheur des Sujets & des Rois.

Regnez, &c.

à CALLIRHOE'.

Ma Fille, vous allez couronner mes projets,
Vôtre hymen de mon Trône affermit la puissance;
Venez remplir mon esperance,
Les vœux de Coresus, & ceux de mes Sujets.

CALLIRHOE', à part.

Impitoyables Dieux, vous serez satisfaits.

CORESUS.

Dieux immortels, c'est moy qui vous appelle;
Respectable Junon, favorable Cybelle,
Tendre Déesse des Amants,
Dieux immortels, c'est moy qui vous appelle;
Venez-tous assurer nos augustes serments.

CALLIRHOE', à part.

O mort! délivre-moy de ma peine cruelle.

CORESUS.

Toy, qui pour éclairer le plus beau de mes jours,
Pares les Cieux d'une clarté nouvelle;
Soleil, à mes tendres amours
Tu me verras aussi fidelle
Que tu l'es à remplir ton cours.

Il prend la main de CALLIRHOE', & la mene à l'Autel.

CORESUS & CALLIRHOE'.

Sur cet Autel, redoutable au parjure,
Sur ces feux reverez, par qui l'Amour s'épure.

COR. { *Je vous promets*
D'être à vous à jamais.

CALLIRHOÉ.

Elle apperçoit AGENOR, & s'évanoüit.

Je vous promets. . . . . Grands Dieux : ſoûtenez ma foibleſſe.

LA REINE, & CORESUS.

Je frémis. . . . ,

CALLIRHOÉ.

Le jour me bleſſe,

Je m'affoiblis, je meurs. . . . .

CORESUS.

Quoy ! je pérds ma Princeſſe !

LA REINE.

Le Ciel veut differer de répondre à vos vœux.

CORESUS.

Prenons ſoin de ſes jours. . . Quel coup pour ma tendreſſe!

Deſtin jaloux, ſans toy j'euſſe été trop heureux.

On emporte la Princeſſe évanoüie, & l'Aſſembée ſe diſperſe.

FIN DU PREMIER ACTE.

ACTE SECOND.

Le Theâtre repréſente l'avant-Cour d'un Palais, & dans un des côtez un Temple Domeſtique.

SCENE PREMIERE.

AGENOR.

Eſpoir, revenez dans mon ame:
La Princeſſe reſpire, entrons dans ce Palais;
J'eſpere y voir encor la beauté qui m'enflamme:
O Dieux! ſi mon Rival la perdoit pour jamais!

Eſpoir qui me flattez d'un plus doux avenir,
De vos enchantements faudra-t-il me défendre?
Souvent vous nous faites entendre,
Que nos maux ſont prêts à finir,
Quand le deſtin jaloux ne veut que les ſuſpendre.

Espoir, qui me flatez d'un plus doux avenir,
De vos enchantements faudra-t-il me défendre?

Un Amant malheureux & tendre
D'une erreur qui luy plaît aime à s'entretenir;
Mais que de pleurs à répandre,
Quand il faut en revenir!

Espoir, qui me flatez d'un plus doux avenir,
De vos enchantements faudra-t-il me défendre?

La Princesse paroît.... Elle vient en ces lieux,
De ses jours conservez, rendre graces aux Dieux.

SCENE II.

CALLIRHOE', AGENOR.

AGENOR.

LA Parque enfin respecte vos attraits.

CALLIRHOE'.

Ne vous avois-je pas interdit ma presence?
On sçait vôtre retour, ne me voyez jamais;
Mes volontez sur vous ont bien peu de puissance.

AGENOR.

J'ay souffert les plus rudes coups,
Que puisse craindre un cœur tendre.
Quand le Ciel me permet d'attendre
Un sort plus calme & plus doux,
Cruelle, démentez-vous
L'esperance qu'il veut me rendre?

CALLIRHOE',

Epargnez-vous des regrets ſuperflus ;
J'ay reſolu de reparer ma gloire,
J'épouſe Coreſus.

AGENOR.

O Ciel ! le puis-je croire !
Eſt-ce un plaiſir pour vous que de voir mon tourment ?
Que devient mon eſpoir, cet eſpoir dont les charmes
Suſpendoient de ma mort le funeſte moment ?
Vous ne répondez rien, mépriſez-vous mes larmes ?
Pourrez-vous immoler ſans trouble, ſans allarmes,
Au bonheur d'un Rival le plus fidelle Amant ?

CALLIRHOE'.

O trouble affreux ! ô jour d'une honte éternelle !
Ces Peuples aſſemblez, ces Prêtres, ces aprêts,
Le rang de Coreſus, ſa vertu, mes regrets,
Quel ſouvenir ! Faut-il que mon cœur le rapelle !
Fuyez, cédez au ſort qui nous a ſéparez.

AGENOR.

Moy, fuïr ! moy, vous quitter ! Vous l'ordonnez, Cruelle !
Quoy ! le jour qui vous luit, l'air que vous reſpirez,
Bonheur que tout Sujet partage avec ſa Reine,
Vous me le refuſez, à moy ſeul, Inhumaine.
Helas ! j'aurois caché mes ſoûpirs avec ſoin,
Vos Palais, vos jardins m'auroient vû dans ma peine
Suivre en pleurant vos pas, & les ſuivre de loin.
Que vous me haïſſez !

CALLIRHOE'.

Que je me hais moy-même!
J'ay fait à Coresus une injustice extrême,
Au milieu des serments.....

AGENOR.

Eh! les avez-vous faits?
Non, vous étes encor plus libre que jamais.

CALLIRHOE'.

J'offense de nos Dieux la majesté terrible.

AGENOR.

Un Dieu plus doux & plus sensible
Peut, si vous l'écoutez, vous excuser près d'eux.

CALLIRHOE'.

Moy, l'écouter! non, non, renoncez à vos vœux;
Il faut que mon sort s'accomplisse,
Coresus sera mon Epoux:
C'est moy qu'il faut que je punisse
D'avoir trop fait pour vous.

AGENOR.

Pour moy! j'aurois troublé le repos de vôtre ame!

CALLIRHOE'.

Vous sçavez mon secret....

AGENOR.

Quoy! plaignez-vous ma flâme?

CALLIRHOE'.

Vôtre destin n'en sera pas plus doux.

ENSEMBLE

ENSEMBLE.

Dieux cruels, quel plaisir prenez-vous à nos larmes?
O malheureux amour! ô funestes rigueurs!

CALLIRHOE'.

Faut-il éteindre nos ardeurs?

ENSEMBLE.

Dieux cruels, trouvez-vous des charmes
à frapper les plus tendres cœurs.

CALLIRHOE'.

Que vous m'allez coûter de soûpirs & de pleurs!

AGENOR.

Ah! puis-je assez goûter de si tendres allarmes?

Il se jette à ses pieds.

SCENE III.

CORESUS, les PRESTRES de sa Suite, CALLIRHOE', AGENOR.

CORESUS du fond du Theâtre.

QUe vois-je! je frémis!
Agenor à ses pieds! Dieux, est-ce là le prix
Des vœux que nous allions vous presenter pour elle?
Vous me trahissez, Infidelle.

CALLIRHOE', en s'en allant.

Pour meriter ce nom, que vous ay-je promis?

SCENE IV.

CORESUS, les PRESTRES de sa Suite, AGENOR.

CORESUS, à AGENOR.

TU t'applaudis de ta victoire,
Et de l'affront que je reçoy:
Crain d'être trop aimé.....

AGENOR.

Non, j'en ferois ma gloire;
Et vos jaloux transports me causent peu d'effroy.

SCENE V.

CORESUS, & les PRESTRES de sa Suite.

CORESUS.

QUel coup vient me frapper!
Ils triomphent tous deux de ma rage inutile.
Interdit, surpris, immobile,
Mon courroux les laisse échaper.

à sa Suite.

Ne frémissez-vous pas de tant de perfidie?
L'Ingrate insulte encor à ma flâme trahie:
Souffrirons-nous ces outrages mortels?

CHOEUR des Sacrificateurs de BACCHUS.

Souffrirons-nous ces outrages mortels?

CORESUS.

Redoutable enfant du Tonnerre,
Tes vangeances, Bacchus, ont effrayé la terre,
Vange-toy, vange-moy, vien vanger tes Autels.

CHOEUR.

Vangé-toy, vange-nous, vien vanger tes Autels.

CORESUS.

Malheur aux Criminels que pourſuit ta colere.
Tu déchires un fils par les mains d'une mere;
Malgré les Dieux, Orphée a ſenti tes fureurs:
Signale ton pouvoir ſuprême,
Répand ſur ces climats de nouvelles horreurs,
Qui me faſſent trembler moy-même.

CHOEUR.

Répand ſur ces climats de nouvelles horreurs,
Qui nous faſſent trembler nous-même.

CORESUS & le Chœur.

Meritons que le Dieu ſeconde nos efforts;
Pour hommage il reçoit nos fureurs, nos tranſports.

CORESUS.

Le Dieu me voit, m'entend, il peut reduire en poudre
Les Auteurs, les Témoins de mon deſtin fatal;
Le Thyrſe, rival de la foudre,
Du haut des Cieux m'en donne le ſignal.

Les Sacrificateurs forment le Divertiſſement.

CORESUS.

Il faut un Peuple entier pour victime à ma rage.
Venez, venez, suivez mes pas :
De ces flambeaux sacrez faites un autre usage,
Troublez tous les esprits, désolez ces Climats,
Et goûtez le plaisir de vanger mon outrage.

Les PRESTRES forment des danses furieuses avec leurs flambeaux, & vont porter le feu dans toute la Ville.

CORESUS.

Le fer, le feu, le ravage
Vont tout remplir d'effroy.
Je triomphe à mon tour, je vois grossir l'orage,
Je vois mes ennemis plus malheureux que moy.

FIN DU SECOND ACTE.

ACTE TROISIE'ME.

Le Theâtre représente une Forest, & le Temple rustique du Dieu PAN.

SCENE PREMIERE.

LA REINE, CALLIRHOE'.

ENSEMBLE.

Uspens, ô juste Ciel, le cours de nos allarmes,
Ecoûte nos soûpirs & voy couler nos larmes.

LA REINE.

Barbare Coresus, que tu nous fais souffrir!
Les Dieux ont trop servy ton courroux implacable,
Ah! ma Fille, faut-il qu'un Peuple déplorable,
Ne reproche qu'à toy que tu le fais périr?

CALLIRHOE'.

Tout m'accable & me déſeſpere.
Une noire fureur tranſporte les eſprits ;
Le Fils infortuné s'arme contre le Pere ,
Le Pere furieux perce le ſein du Fils ,
L'Enfant eſt immolé dans les bras de ſa Mere.
Que de gémiſſements, de plaintes & de cris !
J'en vois, qui de leur ſort miniſtres, & victimes,
Achevent ſur eux-même, ou puniſſent leurs crimes.

LA REINE.

Tous les efforts humains ne les ſauveroient pas.

O Peuples malheureux ! Agenor à leur rage
Oppoſe en vain ſa vertu, ſon courage,
On voit qu'un Dieu ſur eux appeſantit ſon bras.

Il les punit pour toy, Tu cauſes leur trépas.

CALLIRHOE'.

J'immolois aux Autels le bonheur de ma vie,
Je vous obéiſſois, mais mon cœur m'a trahie.

LA REINE.

Le Dieu qu'adorent les forêts,
Pan, du ſombre avenir découvre les ſecrets :
Je vais le conſulter : nôtre eſpoir peut renaître :
Par mon ordre en ces lieux Coreſus doit paroître ;
Priez, Preſſez, Pleurez, tombez à ſes genoux,
Dites, tout ce qui peut déſarmer ſon courroux.

SCENE II.

CORESUS, CALLIRHOÉ.

CORESUS.

QU'attend de moy la Reine ? On m'appelle en ces lieux.

CALLIRHOÉ.

La Reine en pleurs leve les mains aux Cieux :
Quoy ! se peut-il que rien ne les fléchisse ?

CORESUS.

N'attendez pas plus de grace des Dieux,
Que vous me faites de justice.

CALLIRHOÉ.

Le Ciel obéït-il aux fureurs des Mortels ?
Non, non, il va se rendre aux tourments que j'endure.

CORESUS.

Perfide, oserez-vous embrasser des Autels
Témoins de vos serments & de vôtre parjure ?

CALLIRHOÉ.

J'ay merité vôtre courroux :
Puissay-je seule en être la victime !
Mais tout un Peuple expire, apprenez-moy son crime.

CORESUS.

Tout devient à mes yeux criminel avec vous.
Tout ce Peuple aux Autels a vû ternir ma gloire,
Il en faut dans son sang éteindre la memoire.

CALLIRHOE'.

Ah ! Barbare, tes vœux sont-ils donc satisfaits?
Tes yeux alterez de carnage
En ont-ils assez vû? Que veux-tu davantage?
Quoy! tu n'épargneras ny Reine ny Sujets!

CORESUS.

Vous ne vous nommez point, Ingrate!
Jusques en m'implorant, vôtre mépris éclate.

Vangeons-nous, qui peut m'arrêter?
De l'Enfer étonné remplissons les abîmes;
Chaque jour, chaque instant y va précipiter
De nouvelles victimes.

CALLIRHOE'.

Et moy je les devance au tenebreux séjour;
Ta fureur m'y condamne....

CORESUS.

Arrêtez, Inhumaine:

CALLIRHOE'.

Cruel, tu veux ma mort....

CORESUS.

Arrêtez, Inhumaine,
Il vous en coûte moins à renoncer au jour,
Qu'à flater mon ardeur d'une esperance vaine.

Helas! je croyois la haïr.
Infortuné! ne sçaurois-je joüir
De mon amour ny de ma haine?
Malheureux, tu déments le Ciel & tes transports.
Quelle honte pour moy! quel trouble! quels remords!

CALLIRHOE'.

CALLIRHOE'.

Le plus grand cœur ſe rend, quand la pitié l'entraîne;
Mais, vous aimez nos maux....

CORESUS.

Vos yeux ſeuls les ont faits.
J'ay pris dans vos regards mon crime avec ma flâme;
Mon cœur & vos Etats ſans vous, ſeroient en paix:
Vous ſeule avez banny la vertu de mon âme.

CALLIRHOE'.

Quels reproches! Cruel rien ne peut t'attendrir,
Je perds mes pleurs, ma gloire: Ah! laiſſe-moy mourir.

CORESUS.

Vous, mourir! Non, vivez: Eh bien je ſuis coupable,
Je tremble, je frémis, vôtre douleur m'accable,
Mon déſeſpoir vous vange aſſez:
Cachez-moy par pitié les pleurs que vous verſez,
Qu'à ces pleurs les Dieux s'attendriſſent.
Conſultez vôtre Oracle, appaiſez vos douleurs:
Je vais fléchir les Dieux, qu'ont armé mes fureurs;
Ils penſent me vanger, & c'eſt moy qu'ils puniſſent.

SCENE III.

LA REINE, CALLIRHOE'.

LA REINE.

POur consulter le Dieu voicy l'instant heureux:
Sa Cour forme à sa gloire une Fete nouvelle,
Et ces Divinitez souffrent qu'une Mortelle
Fasse entendre sa voix, au milieu de leurs jeux.

SCENE IV.

La Forest s'ouvre, & laisse voir des SATYRES, des DRIADES, & des JOUEURS de Flûtes, qui célébrent le Dieu PAN.

LA REINE, CALLIRHOE', LE MINISTRE de PAN, les DRYADES, & les FAUNES.

LE MINISTRE.

QUe les Mortels & les Dieux applaudissent
Au Souverain des Forests:
Que les vastes Rochers, que les Antres secrets
De son nom retentissent.

LE CHOEUR.

Que les Mortels & les Dieux applaudiſſent
Au Souverain des Forêts :
Que les vaſtes Rochers, que les Antres ſecrets
De ſon nom retentiſſent.

LES DRYADES.

Flore luy doit tous ſes attraits ;
D'un printemps éternel nos Compagnes joüiſſent.

TOUS.

Que les vaſtes Rochers, que les Antres ſecrets
De ſon nom retentiſſent.

LES DRYADES.

Nos beaux jours y fleuriſſent
Dans les douceurs d'une éternelle paix.

TOUS.

Que les vaſtes Rochers, que les Antres ſecrets
De ſon nom retentiſſent.

LES DRYADES.

Que les Bergers luy rendent leur hommage ;
Il protege les hameaux ;
C'eſt à luy ſeul que l'Amour doit l'uſage
Des tendres chalumeaux.

TOUS.

Que les Mortels & les Dieux applaudiſſent
Au Souverain des Forêts :
Que les vaſtes Rochers, que les Antres ſecrets
De ſon nom retentiſſent.

UNE DRYADE.

Fille de l'air, Echo ſidelle,
Répondez-nous, chantez le Dieu des bois;
Il a brûlé pour vous d'une flâme ſi belle:
Redoublez nos accens, joignez-vous à nos voix.
Fille de l'air, Echo ſidelle,
Répondez-nous chantez le Dieu des bois.

On danſe.

LA REINE, au MINISTRE.

Daignez interroger le Dieu ſur nos malheurs;
Qu'il ſe rende à vos vœux, qu'il ſe rende à mes pleurs.

LE MINISTRE.

Dieu puiſſant, ſoy-nous favorable,
C'eſt de toy qu'Apollon apprit l'art admirable
De percer le ſombre avenir:
Dieu puiſſant, ſoy-nous favorable,
Tu vois par quel ſecours nos maux peuvent finir.

LE CHOEUR.

Dieu puiſſant, ſoy-nous favorable,
Tu vois par quel ſecours nos maux peuvent finir.

LE MINISTRE.

Ton bras a déſarmé les Geants furieux,
Qui juſques dans le Ciel oſoient porter la guerre;
Tu ſçûs affermir le Tonnerre
Dans la main du Maître des Dieux;
Au nom de tes exploits ſi grands, ſi glorieux,
Rends à cette terre
La paix, que tu rendis aux Cieux!

CHOEURS.

Par ta puissance,
Rend l'esperance:
De nos malheurs
Efface les horreurs.

Dieu redoutable,
Soy favorable,
Romp tous les coups
Du celeste courroux.

De ce rivage
Banny l'orage,
Daigne à jamais
Exaucer nos souhaits.

LE MINISTRE.

Le Dieu fait sentir sa présence;
Il enchaîne les Vents, il fait taire les Eaux;
Ces arbres n'osent plus agiter leurs rameaux;
A toute la Nature il impose silence:
Mortels, respectez
Sa puissance,
Ecoutez, Mortels, écoutez.

L'ORACLE.

Le calme à ces Climats ne peut être rendu,
Qu'au prix que les Destins veulent de vôtre zele:
Que de Callirhoé le sang soit répandu,
Ou celuy d'un Amant qui s'offrira pour elle.

LA REINE.

Ton sang, ma Fille! ô Ciel! ô réponse cruelle!

CALLIRHOE'.

Il ne veut que mon sang! Ah je rends grace au Sort;
Vos Sujets sont sauvez; Je cheris sa vangeance.

LA REINE.

Quoy! ma Fille, mes yeux, mes yeux verroient ta mort!

AUX MINISTRES.

Vous, flatez Calydon d'une heureuse esperance:
Gardez sur la Victime un éternel silence.
Je veux encor interroger les Dieux;
Peut-on verser trop tard un sang si précieux?
Gardez sur la Victime un éternel silence.

FIN DU TROISIE'ME ACTE.

ACTE QUATRIEME.

Le Theâtre représente une Plaine bornée de Coteaux fleuris.

SCENE PREMIERE.

CALLIRHOE'.

Coulez, mes Pleurs, hâtez-vous de couler,
N'offensez pas long-temps ma gloire.
Beaux Jours tant esperez, sortez de ma memoire ;
Sans trouble, sans regrets il faut vous immoler.
Coulez, mes Pleurs, hâtez-vous de couler,
N'offensez pas long-temps ma gloire.

D'une éternelle Nuit la mort va me couvrir,
A toutes ses horreurs j'ay preparé mon ame ;
Du jour qu'on me ravit à l'Objet de ma flâme,
N'avois-je pas commencé de mourir?

Ciel ! je vois Agenor : je commence à trembler,
Il ignore le coup qui me doit accabler.

SCENE II.

AGENOR, CALLIRHOÉ.

AGENOR.

ENfin le Ciel suspend ses plus terribles coups:
Ne nous flatte-t'on point d'une esperance vaine?

CALLIRHOÉ.

Non, contre Calydon les Dieux n'ont plus de haine.

AGENOR.

Vos pleurs & vos vertus ont vaincu leur courroux.

L'Amour voyoit vos yeux s'éteindre dans les larmes,
Il a gémy de vos soûpirs:
Goûtez un doux repos, brillez de nouveaux charmes;
Que vôtre cœur s'ouvre aux plaisirs.

CALLIRHOÉ.

Que les Dieux sont cruels, même lorsqu'ils font grace!
Jamais leur courroux ne se lasse,
Il ne fait que changer d'objets.

AGENOR.

AGENOR.

Eh! qu'importe à quel prix ils vous ſauvent l'Empire?
Venez à Calydon raſſurer vos Sujets,
Venez, en vous voyant que ce Peuple reſpire,
Qu'il liſe ſon bonheur dans vos yeux ſatisfaits.

CALLIRHOE'.

J'iray, j'iray ſubir le ſort qu'on m'y prépare.

AGENOR.

Quoy! vous épouſeriez cet Ennemy barbare,
Coreſus?

CALLIRHOE'.

Sur mon cœur il a perdu ſes droits.

AGENOR.

Je puis donc eſperer pour la premiere fois,
Et vous pouvez enfin couronner ma tendreſſe.

CALLIRHOE'.

Plût aux Dieux!

AGENOR.

Hé quoy, ma Princeſſe!
Quoy! vôtre cœur pour moy n'a-t-il que des ſouhaits?

Le Sort rappelle icy la paix;
Eſt-il temps pour moy de vous craindre?
Hélas! qui l'eût penſé jamais,
Que ce ſeroit de vous, que j'aurois à me plaindre?

CALLIRHOE'.

Non, vous ne vous plaindrez que d'être trop aimé.

AGENOR.

Eh! qu'ay-je à craindre encor?

CALLIRHOE'.

Tout le Ciel est armé.

Si vous sçaviez quel sang ose exiger sa haine?

AGENOR.

Seroit-ce celuy de la Reine?

CALLIRHOE'.

Non, c'est un sang moins cher.....

AGENOR.

Vous pleurez?....

CALLIRHOE'.

Quelle peine!

AGENOR.

Je tremble, expliquez-vous.

CALLIRHOE'.

Ne me demandez rien.

AGENOR.

Ah! je frissonne. Achevez.

CALLIRHOE'.

C'est le mien.

AGENOR.

Impitoyables Dieux, vous demandez ſa vie!
Je ne les connois plus ces Dieux,
Je ne vois qu'un Rival mépriſé, furieux;
C'eſt à luy qu'on vous ſacrifie.

CALLIRHOE'.

Non. j'ay vû ſes douleurs, il pleure mon trépas;
Et je dois mourir par ſon bras:
C'eſt le punir aſſez, s'il m'aime.

AGENOR.

Et moy je vous adore, & vous ne mourrez pas.

CALLIRHOE'.

Prouvez-moy vôtre amour en me cedant vous-même.
L'Autel eſt prêt; j'y veux aller.

AGENOR.

J'y cours: De Coreſus que le crime s'expie;
On me payera cher de m'avoir fait trembler:
Le bûcher brûle, & moy j'éteins ſa flâme impie
Dans le ſang du Cruel qui veut vous immoler:
Mes Amis ſont tout prêts, ils ſuivront mon exemple:
J'attaqueray vos Dieux, je briſeray leur Temple,
Dût ſa ruïne m'accabler.

SCENE III.

CALLIRHOE'.

AH! Cruel, arrêtez. Que veut-il entreprendre?
De ſa fureur que puis-je attendre?
Il ne manquoit à mon tourment,
Que de craindre pour mon Amant.

On entend une Symphonie champêtre, & l'on voit des Bergers deſcendre des Côteaux dans la Plaine.

Mais, quels concerts ſe font entendre?
J'apperçois les Bergers de ces Vallons cheris;
Ils beniſſent le Ciel qui calme leur triſteſſe;
Helas! ſçavent-ils à quel prix?

Cachons le déſordre où je ſuis;
Ne troublons point leurs jeux; mais dans leur allegreſſe
De mon trépas goûtons les premiers fruits.

SCENE IV.

CALLIRHOE', BERGERS & BERGERES.

Deux BERGERES, alternativement avec le CHŒUR.

Loin de nous les plaintes,
Les craintes,
Loin de nos cœurs
Les soûpirs & les pleurs.

Loin de nous les plaintes,
Les craintes,
Loin de nos cœurs
Les atteintes
Des vives douleurs.

Jours heureux,
Soyez durables!
Des Dieux favorables
Reçoivent nos vœux.

Loin de nous les plaintes,
Les craintes,
Loin de nos cœurs
Les atteintes
Des vives douleurs.

Que l'Amour ne nous fasse jamais
Qu'une douce guerre,
Que l'Amour sur la terre
Rameine la Paix.

On reprend le Rondeau.

AUTRE CHOEUR.

Princesse, aimez nos boccages,
Prêtez l'oreille à nos chants:
La Cour presente aux Roys les plus brillants hommages,
Nous vous offrons les plus touchants.

DEUX BERGERES.

Le Ciel nous fait de douces promesses,
Nous vous devons toutes ses faveurs;
Nous n'avons à donner que nos cœurs,
Comptez nos cœurs parmy vos richesses.

UNE BERGERE.

Dans nos champs
L'amour de Flore
Fait éclore
Ses nouveaux presents.

Lieu tranquille,
Charmant séjour,
Ser d'azile,
De Temple à l'Amour.

Qu'il nous blesse,
Que sans cesse
L'on s'empresse
D'entrer à sa Cour.

Dieu des Amants,
Ta puissance
Recompense
Nos tourments.

Une BERGERE, alternativement avec le CHŒUR.

Quelque chaîne
Qu'icy l'on prenne,
C'est par son choix.

Soin de plaire,
Retour sincere,
Voilà nos loix.

LE CHOEUR.

Quelque chaîne
Qu'icy l'on prenne,
C'est par son choix, &c.

LA BERGERE.

Mille allarmes
Troublent les charmes
Du sort des Roys:

Mais l'Envie
Sur nôtre vie
N'a point de droits.

CHOEUR.

Quelque chaîne, &c.

LA BERGERE.

La jeunesse
A la tendresse
Doit ses beaux ans.

Qui s'engage
Fait de son âge
Un long printemps.

CHOEURS.

Quelque chaîne, &c.

LES DEUX BERGERES, à CALLIRHOE'.

Goûtez & donnez
Des jours fortunez.

CHOEURS.

Goûtez & donnez, &c.

LES BERGERES.

Que le Sort qui préside
A tous nos instants,
Fasse voler le temps
D'une aîle moins rapide.

GRAND CHOEUR.

Goûtez & donnez
Des jours fortunez.

LES

LES BERGERES.

D'une si belle vie
Dieux, ne bornez point les moments,
Ne prenez que le soin de les rendre charmants,
Dieux, secondez nôtre envie.

CHOEUR.

Goûtez, & donnez
Des jours fortunez.

CALLIRHOE'.

Eh bien, vous les aurez ces jours, ces jours tranquilles;
Oüy je vous le promets:
Venez, je vais au Temple, où les Dieux plus faciles
Doivent vous assurer une éternelle paix.

CHOEURS.

Nous vous suivons, nous quittons nos aziles.

SCENE V.

LA REINE, CALLIRHOE', les CHOEURS.

LA REINE.

Que vois-je? La Victime est-elle entre leurs bras?
Barbares, voulez-vous qu'on vous la sacrifie?

CHOEUR.

Reine, que dites-vous?

LA REINE.

Elle vole au trépas.

CHOEUR.

Eh! qui peut menacer une si belle vie?

LA REINE.

Les Dieux.

CALLIRHOE'.

Je rends la paix à ma triste Patrie,
Mon sort est trop heureux.

CHOEUR.

Durent, durent plûtôt nos maux les plus affreux.

CALLIRHOE'.

Je veux mourir, l'Oracle a prononcé ma peine.

CHOEUR.

Nous démentons les Dieux, & nous bravons le Sort.

CALLIRHOE'.

Voulez-vous qu'aux Autels en rebelle on m'entraîne?
Ah! laissez-moy du moins la gloire de ma mort.

CHOEUR.

Tonne plûtôt des Dieux la redoutable haine.

CALLIRHOE', à LA REINE.

Souffrez qu'à vos Sujets un doux calme revienne:
N'êtes-vous pas leur Mere avant d'être la mienne?
Par l'amour que pour eux vous devez ressentir,
A leur bonheur faites-les consentir.

LA REINE.

Non, je ne verray point ce spectacle funeste.

CALLIRHOE', aux PEUPLES.

C'est vôtre Reine, appaisez ses douleurs,
Osez m'arracher à ses pleurs;
Vous frémissez.... vôtre Reine vous reste:
Qu'elle vive, aimez-là, ne quittez point ses pas;
Sauvez-luy, s'il se peut, l'horreur de mon trépas.
Je vais mourir pour vous....

CHOEUR.

Nous ne vous quittons pas.

SCENE VI.

AGENOR, CALLIRHOE', LA REINE, CHOEURS.

AGENOR.

Peuples, écoutez-moy.
Un Ministre du Dieu m'a revelé sa Loy;
Que vôtre crainte cesse.
Il n'a pas sans retour condamné la Princesse:
Un sang moins précieux peut épargner le sien;
Je vous offre le mien.

LA REINE & le CHOEUR.

O trop fidelle amour! ô genereux courage!

CALLIRHOE', en s'en allant.

Non, vous ne mourrez pas.

AGENOR.

Venez, sans tarder davantage,
Venez, Peuples, suivez mes pas.

CHOEUR.

O trop fidelle amour! ô genereux courage!

FIN DU QUATRIE'ME ACTE.

ACTE CINQUIEME.

Le Theâtre représente le Temple de BACCHUS, orné pour le Sacrifice de la Victime.

SCENE PREMIERE.

CORESUS.

Roubles secrets dont l'horreur me dévore,
Que ne me laissez-vous respirer un moment?
Je suis prêt d'immoler le Rival que j'abhore,
Sa mort, loin de calmer l'excés de mon tourment,
Ne fait que l'irriter encore.

Troubles secrets dont l'horreur me dévore,
Que ne me laissez-vous respirer un moment?

Quoy ! c'eſt à mon Rival qu'elle devra la vie !
Il ſauve la Princeſſe : Ah ! ſon ſort eſt trop-beau.
Mon Rival en vainqueur, deſcend dans le tombeau.
Quels regrets ! J'entendray cette Amante en furie ;
Dieux ! qu'elle va l'aimer, qu'elle va me haïr !
Elle vient. Je ne puis ny la voir, ny la fuïr.

SCENE II.

CORESUS, CALLIRHOE'.

CALLIRHOE'.

SEigneur, de vos devoirs je n'oſe vous inſtruire ;
Mais tout eſt prêt : mon ſang à l'Autel doit couler :
Si vôtre main tremble de m'immoler,
Juſqu'à mon cœur, je ſçauray la conduire ;
Allons.

CORESUS.

Ciel ! qu'allez-vous me dire ?

CALLIRHOE'.

Trop de malheurs ont troublé ce ſéjour ;
Je les pardonne à vôtre amour extrême,
Pardonnez-moy de même ;
Sans peine, je renonce au jour.

CORESUS.

Je vous punirois de mon crime!
Les Dieux ſont moins cruels, moins barbares que vous;
Ils appaiſeront leur courroux,
Ils prennent une autre victime.

CALLIRHOÉ.

Je le verrois perir, & perir par vos coups!
Eſtes-vous Coreſus? que devient vôtre gloire?
Voulez-vous faire croire
Que vous ne l'immolez qu'à vos tranſports jaloux?

CORESUS.

Aux Autels de nos Dieux, eſt-ce moy qui l'entraîne?
De ſon trépas que pourrois-je eſperer?
Je ſçais trop que la mort où je vais le livrer,
Ne ſçauroit adoucir ma peine.

CALLIRHOÉ.

Que veux-tu donc Cruel? T'aſſurer de ma haine.

CORESUS.

Quoy! de tous mes malheurs vôtre haine eſt le prix!
Outragez, accablez un cœur qui vous adore.
Helas! vos plaintes & vos cris
Devroient-t-ils me toucher encore?
Je ne l'immole point; il demande à perir.

CALLIRHOE'.

Et moy je demande sa vie ;
Mais vous voulez sa mort.

CORESUS.

Peut-être je l'envie,
Elle assure vos jours.

CALLIRHOE'.

C'est à moy de mourir.

ENSEMBLE.

Non ne resistez pas, quand le Ciel le commande,
Rendez-vous, c'est {son / mon} sang qu'il faut que l'on répande.

CORESUS.

Que le Tonnere gronde & tombe en mille éclats,
Que le carnage recommence,
Que le Ciel allumé redouble sa vangeance,
Que l'effroy, que la mort volent dans ces climats ;
Rien n'égale l'horreur de voir vôtre trépas.

CALLIRHOE'.

Eh! le verrez-vous moins? croyez-vous que je vive?
S'il perit, doutez-vous que mon Ombre le suive?
Tremblez, du même fer je me frape, je meurs ;
Et l'Amour malgré-vous réünira nos cœurs,

CORESUS.

Quelle fureur, ô Ciel! que deviens-je moy-même!
N'est-il point d'autre sang pour appaiser les Dieux?

CALLIRHOE'.

Les Dieux ont prononcé. Conservez ce que j'aime ;
On l'ameine en ces lieux,
Hâtez-vous, frapez-moy, je l'attends, je le veux.

SCENE DERNIERE.

CORESUS, CALLIRHOE', AGENOR, PRESTRES & PEUPLES.

CALLIRHOE'.

AH! Prince, où venez-vous?

AGENOR.

Où mon amour me guide.

à CORESUS.

Ministre des Autels, faites vôtre devoir.

CALLIRHOE'.

N'écoûtez point son desespoir;
Que je meure; c'est moy pour qui le Sort decide.

CORESUS.

Quel spectacle pour moy! quel amour! quel transport!

AGENOR, à CALLIRHOE'.

Mes jours sont trop payez, si ma mort vous délivre.

CALLIRHOE', à AGENOR.

Helas! pourrois-je vous survivre,
Qu'esperez-vous de vôtre mort?

ENSEMBLE, à CORESUS.

Ton amour outragé demande mon supplice;
C'est moy qu'il faut que l'on punisse.

CORESUS.

Ciel! en les immolant je ne puis les punir!

CALLIRHOE', & AGENOR.

Frape, voilà mon cœur; qui peut te retenir?

CORESUS.

Agenor, j'aplaudis à l'ardeur qui t'anime,
J'honore ta vertu, tes vœux seront contents.

Il tire le fer sacré.

CALLIRHOE', à CORESUS.

Je frémis! acheve, il est temps.

CORESUS, en les separant.

Arrêtez. C'est à moy de choisir la victime.

Il se frape.

CALLIRHOE'.

Vous mourez.

CORESUS.

Je sauve vos jours
De vos malheurs, des miens je termine le cours.
Vous pleurez. Se peut-il que ce cœur s'attendrisse!
Je meurs content. Mes feux ne vous troubleront plus;
Approchez: en mourant que ma main vous unisse
Souvenez-vous de Coresus.

FIN DU CINQUIE'ME ET DERNIER ACTE.

APROBATION.

J'AY lû par ordre de Monseigneur le Chancelier, *La Tragedie de Callirhoé*; & j'ay cru que le Public en verroit l'Impression avec plaisir. FAIT à Paris ce vingt-deuxiéme Decembre mil sept cent douze. Signé, FONTENELLE.

OUVRAGES DE MUSIQUE, Imprimez & donnez dans le cours de l'Année 1731.

I. LES PARODIES nouvelles, & LES VAUDEVILLES INCONNUS, *Volume In-quarto*, Livre Second. 6. liv.
Le Premier est de la même forme & du même prix.
On prépare le Troisiéme pour le premier Mois de l'Année prochaine 1732.

II. PHAETON, remis au Theâtre du 19. Decembre de l'Année derniere, *Partition In-folio.* 20. liv.
Les Paroles de cette Piece, & celles du CARNAVAL ET LA FOLIE représenté les Mardy pendant l'Hyver. Au prix ordinaire de trente sols piece, cy 3. liv.

III. M. NAUDE'-l'Aîné, a donné un Recueil de ses Airs, imprimé *In-4o.* 2. liv. 10. s.

IV. M. BOUVARD, en a pareillement donné un, cy 2. liv.

V. M. GAULTIER, en a aussi donné un Second, de la même maniere, cy 6. liv.
Son Premier qui est gravé, se vend 3. liv.

VI. M. CAPUS a fait imprimer, presqu'en même temps un Recueil de ses Airs, cy 2. liv.

VII. M. FREDERIC G. HAUCK a donné le Recueil de ses Airs, imprimé comme ceux cy-dessus. 1. liv. 4. s.

VIII. LE RETOUR DE TENDRESSE, Troisiéme Cantate de M. BOUVARD, imprimée *In-folio* comme les deux premieres, & du même prix, cy 1. liv. 4. s.

IX. THESE'E, représenté pour la Clôture du Theâtre, se vend comme les autres, *Partition In-folio.* 20. liv.

X. IDOMENE'E, remis au Theâtre le 5. d'Avril, avec des nouveautez, *Partition In-quarto.* 12. liv.
Les Paroles conformes à cette Remise, 1. liv. 10. s.

XI. CE'PHISE & URANIE, Lettres mêlées de CHANSONS nouvelles, *In-octavo.* 1. liv. 10. s.

XII. ENDYMION, Pastorale Heroïque, Piece nouvelle de Messieurs DE FONTENELLE & DE BLAMONT, Représentée pour la premiere fois le 17. May, imprimée en *Partition In-quarto.*

XIII. LES FESTES VENITIENNES en trois Actes, & un Prologue, Remises le 14. Juin, *Partition In-quarto*, se vend, 12. liv.
Les Paroles de ces deux Pieces, conformes aux Représentations. 3. liv.

XIV. DIDON, Cantate Parodiée en Vaudevilles, imprimée *In-quarto.* 12. s.

XV. AMADIS, Remis au Theâtre le 4. d'Octobre, *In-folio.* 20. liv.
Et les Paroles, à l'ordinaire. 1. liv. 10. s.

XVI. L'OPERA, Entrée ajoûtée aux *Festes Venitiennes*, le 15. Novembre, pour les Jeudy, *Partition In-quarto.* 3. liv.

XVII. MESLANGES de Musique *Latine, Françoise* & *Italienne*, qu'on vend comme chaque Recueil des trente-six Années précédentes. 8. liv.

XVIII. VIELE, Pieces Choisies à l'usage des Commençants, avec des Instructions pour joüer & pour entretenir cet Instrument, *In-quarto.* 1. liv. 4. s.

On a formé cette Année, UN CATALOGUE GENERAL DE MUSIQUE, Imprimée ou Gravée en France; Ensemble de celle Gravée ou Imprimée dans les Pays Etrangers, dont on fait usage. *Brochure In-octavo*, qu'on vend 12. s.

TOTAL 131. liv. 16. s.

PRIVILEGE DU ROY.

LOUIS par la grace de Dieu, Roy de France & de Navarre : A nos amez & feaux Conseillers, les Gens tenant nos Cours de Parlement, Maîtres des Requêtes ordinaires de nôtre Hôtel, Grand Conseil, Prevôt de Paris, Baillifs, Sénéchaux, leurs Lieutenans-Civils, & autres nos Justiciers qu'il appartiendra, Salut. Les Sieurs Besnier, Avocat en Parlement, Chomat, Duchesne, & de la Val de S. Pont, Bourgeois de nôtre bonne Ville de Paris ; Nous ont fait remontrer, qu'en consequence de l'Arrest de nôtre Conseil du 12. Decembre 1712. du Traité fait entr'eux & les Sieurs de Francine & Dumont, le 24. desdits Mois & An, & de nos Lettres Patentes du 8. Janvier ensuivant, confirmatives dudit Traité ; Ils auroient acquis le Privilege, de faire representer les Opera durant le temps de vingt années, à compter du 20. Aoust 1712. ainsi que le Privilege de la vente des Paroles desdits Opera, lesquelles ils desireroient faire imprimer pour les donner au Public, s'il Nous plaisoit leur accorder nos Lettres de Privilege sur ce necessaires : A CES CAUSES ; desirant favorablement traiter les Exposants, attendu les charges dont l'Academie Royale de Musique se trouve oberée, & les grandes dépenses qu'il convient de faire, tant pour l'Impression que pour la Gravûre en Taille-douce des Planches dont ce Livre sera orné ; Nous leur avons permis & permettons par ces Presentes, de faire imprimer & graver les Paroles & la Musique de tous lesdits Opera, qui ont été ou qui seront representez par l'Academie Royale de Musique, tant separément que conjointement, en telle forme, marge, caractere, nombre de Volumes & de fois que bon leur semblera, & de les vendre & debiter par tout nôtre Royaume pendant le temps de dix-neuf années consecutives, à compter du jour de la datte desdites Presentes. Faisons défenses à toutes personnes, de quelque qualité & condition qu'elles puissent être, d'en introduire d'impression étrangere, dans aucun lieu de nôtre obéïssance : Et à tous Imprimeurs, Libraires, Graveurs, & autres, d'imprimer, faire imprimer, vendre, faire vendre, débiter ny contrefaire lesdites Impressions, Planches & Figures, en tout ny en partie, sans la permission expresse & par écrit desdits Sieurs Exposans, ou de ceux qui auront droit d'eux, à peine de confiscation des Exemplaires contrefaits, de six mille livres d'amende contre chacun des Contrevenants, dont un tiers à Nous, un tiers à l'Hôtel-Dieu de Paris, l'autre tiers ausdits Sieurs Exposans, & de tous dépens, dommages & interests, à la charge que ces Presentes seront enregistrées tout au long sur le Registre de la Communauté des Imprimeurs & Libraires de Paris, & ce dans trois Mois de la datte d'icelles ; que la gravûre & impression desdits Opera sera faite dans nôtre Royaume & non ailleurs, en bon papier & en beaux caracteres, conformément aux Reglemens de la Librairie, & qu'avant de les exposer en vente, il en sera mis deux Exemplaires dans nôtre Bibliotheque publique, un dans celle de nôtre Château du Louvre, un autre dans celle de nôtre tres-cher & feal Chevalier Chancelier de France, le Sieur Phelypeaux, Comte de Pontchartrain, Commandeur de nos Ordres ; Le tout à peine de nullité des Presentes ; Du contenu desquelles vous mandons & enjoignons de faire joüir lesdits Sieurs Exposans, ou leurs Ayants-cause, pleinement & paisiblement, sans souffrir qu'il leur soit fait aucun trouble ou empeschement. Voulons que la Copie desdites Presentes, qui sera imprimée au commencement ou à la fin desdits Opera, soit tenuë pour dûëment signifiée ; & qu'aux Copies collationnées par l'un de nos amez & feaux Conseillers & Secretaires, foy soit ajoûtée comme à l'Original. Commandons au premier nôtre Huissier ou Sergent, de faire pour l'execution d'icelles tous Actes requis & necessaires, sans demander autre permission, & nonobstant Clameur de Haro, Charte Normande & Lettres à ce contraires. CAR tel est nôtre plaisir. DONNE' à Versailles le vingtiéme jour d'Aoust l'An de Grace mil sept cent treize, & de nôtre Regne le soixante-onziéme, Par le Roy en son Conseil. Signé BESNIER, avec paraphe, & scellé.

Registré sur le Registre N°. III. de la Communauté des Libraires & Imprimeurs de Paris, *Page* 648 N°. 741. conformément aux Reglemens, & notamment à l'Arrest du 10. Aoust 1703. Fait à Paris ce 12. Septembre 1713. *Signé*, L. JOSSE, Syndic.

Par Traité passé, DE L'ORDRE DU ROY, *pardevant Notaires, le 21. Novembre 1727. entre l'Academie Royale de Musique, & le Sr.* BALLARD, *Seul Imprimeur du Roy, &c. Il est Cessionnaire de ladite Academie, pour ce qui regarde les Livres mentionnez au Privilege cy-dessus.*

www.ingramcontent.com/pod-product-compliance
Ingram Content Group UK Ltd.
Pitfield, Milton Keynes, MK11 3LW, UK
UKHW021644260726
13994UKWH00003B/1266